UN MYSTÈRE

JOUÉ

DANS LES MONTAGNES DU FOREZ

UN MYSTÈRE

JOUÉ

DANS LES MONTAGNES DU FOREZ

RECUEILLI PAR M. BERGERON

Publié

PAR M. NOELAS

LYON

IMPRIMERIE D'AIMÉ VINGTRINIER

RUE DE LA BELLE-CORDIÈRE, 14

1867

UN MYSTÈRE

JOUÉ

DANS LES MONTAGNES DU FOREZ.

Il n'y a pas de longues années, sitôt que l'hiver ramenait dans nos villages les veillées et les réunions au coin du feu, arrivait *la Comédie*. Un âne la portait ; un vieillard à barbe blanche, au front patriarcal, *Monsieur Béranger de Thisy*, la conduisait, suivi de toute sa famille : une femme au teint de bistre, un grand fils à l'œil noir, aux gestes décidés, une fille fort jolie, ma foi, Maria, qui, faute d'un second mâle bon à frapper la caisse, revêtait à l'âge de quinze ans des habits de garçon.

La Comédie se rendait droit sur la grand' place ; on dételait l'âne, Maria sur le tambour faisait vacarme. *La Comédie ! la Comédie !* criaient les gamins de la place, *voilà la Comédie !* et l'heureuse rumeur de voler par tout le bourg.

Vite l'aubergiste *de la Treille* nettoyait sa remise encombrée, disposait chaises pour les *premières*, bancs de bois pour les *secondes* ; l'âne grignotait son foin au *parterre*, la charge de l'âne occupait la scène et voilà le Théâtre de la Comédie !

Huit heures du soir ! il fait froid et noir au dehors ; on entre tumultueusement ; on se serre les uns contre les autres, filles et garçons se poussent du coude, et les vieux des *premières* de dire : *Bonjour* , _*Monsieur Béranger et la Comédie!*

Trois heures durant, Notre-Seigneur Jésus-Christ naissait, se sauvait en Egypte, prêchait et faisait sa Passion, au bruit du tonnerre (tôle à pâtisserie de l'auberge fortement agitée) et au feu des éclairs (étoupes brûlées).

Comme on écoutait *Pilâtre* et ses soldats dont on voyait les dents s'entre-choquer ! saint Pierre pleurait (et les femmes aussi); les Juifs se fendaient la bouche de rire. On entendait les coups de marteaux clouant les larrons sur leurs croix! Les marionnettes de la Comédie étaient, ma foi, bien éloquentes. Je me rappelle encore le cruel Hérode débitant en alexandrins (Dieu sait lesquels) :

> Moi trembler! si le ciel me déclaroit la guerre,
> Je la lui soutiendrois ! . . . .

Mais on s'en souvient au pays bien mieux que moi, et l'on a gardé manuscrits les *Mystéres* joués par M. Béranger et copiés par *M. Bergeron, tant soit peu poëte,* comme il dit lui-même. Ce digne barbier de Saint-Haon-le-Vieux, enflammé d'inspiration en écoutant la Comédie, suivit la troupe, épargnant à Maria et le tambour et les habits de garçon. Il devint bientôt habile; son heureuse mémoire retint tout le répertoire, et bien cela servit à M. Béranger ; car, surprise par l'hiver de 1830 en pays de montagnes, la troupe dut varier ses représentations pour assurer la vie de la *Comédie,* et comme on ne savait le *libretto* que par tradition, le jeune acteur en fit une copie où il a tâché d'imiter la prononciation du vieux français transmis de bouche en bouche.

Nous en avons extrait la *Naissance de Notre-Seigneur;* tout en respectant scrupuleusement la naïveté du dialogue, nous avons essayé avec discrétion de rétablir un peu l'orthographe des vieux mots. On devra remercier M. Bergeron de nous avoir conservé la *Comédie*, car cette pauvre Comédie de nos villages est mo

SCÈNE I.

LA NAISSANCE DE NOSTRE SEIGNEUR.

Envoy.

Cieux, ouvrez-vous, envoyez d'en hault vostre rosée. Que le juste descende en les nues et que son germe se respande sur toutes les nations et qu'un seul peuple adore le vray Dieu.

L'ange.

Je vous salue, Marie ; je viens de par l'Eternel vous annoncer que le temps qu'il avoit prescrit pour bailler un Sauveur au monde est advenu ; vous seule avez été recogneue digne de porter en votre sein celuy qui doit sauver le monde entièrement.

La vierge.

En quoy puis-je avoir offensé mon Seigneur Dieu ? et me donnez une chose qui pourroit me devenir funeste.

L'ange.

Loing de l'avoir offensé, vous feutes choisie de toute éternité pour estre la mère du Christ, ne craignez mie, vierge pure et saincte, le Sainct-Esperit viendra vous embraser de ses feux et, sans perdre virginité, vous enfanterez un fils qui aura nom Jésus et règnera sur David.

La vierge.

Je suis l'humble servante du Seigneur, qu'il me soit faict suyvant vostre parole.

SCÈNE II.

DEUX ESTRANGERS PAROISSENT SUR LA SCÈNE.

Premier estranger.

Oui, mon ami, c'est comme je te dis, nous ne verrons plus des gens d'armes ne de guerre; la paix générale est signée. Rome se voyt auiourd'hui seule tributaire. Nous pouvons cultiver et sarcler champs en seureté.

Agriculture va fleurir, commerce reprendre faveur, gehenne cesser, et je voys que tôt avec un plaisir extrême tous les peuples de la terre ne formeront qu'une seule famille.

Deuxième estranger.

Oh! c'est peut-être cela de quoy vouloit deviser Thomas. Il faut, dict-il, que nous allions tous au greffe des cités des villes principales pour se faire inscrire afin que le grand César Auguste puisse s'instruire du nombre de ses sujets.

L'aultre.

Mais, escoute donc, n'entends-tu de ce costé parler?..... Je suis riche sans enfants.... et si nous méprisons les paovres, Dieu ne nous bénira, ains nous peunira.....

Deuxième.

Ha! pour le coup, voilà une bonne femme celle-là!

SCÈNE III.

L'AUBERGISTE, SA SERVANTE, DES ÉTRANGERS.

Un estranger.

Pardié, messieurs, ayant déjà faict grand chemin, mais voicy des gens de ce canton! Mes amis, l'aubierge est-elle bien loin?

L'aubergiste.

Mais non, est-ce que vous ne la voyez pas?

Un estranger.

Mais, faict-on bonne chière dans ceste auberge?

(L'aubergiste rentrant chez luy.)

Oui, si vous avez beaucoup d'argent ; car le mestre de ceste hostellerie ne l'aime pas mal. Il se faict sur le tard, allons voir si nous ne trouverons la soupe trempée.

L'estranger.

Bonsoir, ami (je craindz fort qu'il ne me reçoyve pas) ; je vais leur dire que j'ay moulte monnoie et que je payerai bien (il frappe).

L'aubergiste.

Qui est là?

L'estranger.

C'est un estranger qui demande à loger, soyez tranquille : j'ay bon argent blanc, je payerai comme il faut.

L'aubergiste.

C'est bien bon cela. Jeanneton, va ouvrir la porte à cet estranger et referme-la bien.

SCÈNE IV.

SAINT JOSEPH, LA VIERGE, LA FEMME DE L'AUBERGISTE, PLUSIEURS AUTRES FEMMES.

La vierge.

Joseph, mon cher espous, voicy le temps qui approche ; je suis indisposée, je cuyde que le Sauveur du monde va naistre pour le saluct des hommes. Demande si l'on ne pourra pas nous loger.

Joseph.

Si c'était un effect de la vostre bonté de nous loger pour ceste nuict?

La femme d'auberge.

Il n'y a plus de place : nous ne pouvons vous loger icy.

Joseph.

Mes braves gens, jectez un coup d'œil de compassion sur ma paovre femme et, rapport à elle, donnez-nous une place sous vostre toict, le Seigneur vous bénira.

La femme.

Nous n'avons qu'un seul endroit : voulez-vous vous cou-chier sur la paille ou sur le foing ?

Joseph.

Où vous voudrez, pourvu que nous soyons à couvert.

(*Jésus naît entre un bœuf et un âne.*)

SCÈNE V.

Un ange chante.

Réveillez-vous, bergiers et bergières, allez adorer Messie qui vient de naistre !

> L'enfant Dieu est au recoing
> D'une vieilhe mazure
> Sur un pou de foing.
> Hélas ! qu'il a besoing,
> Veu le froid qu'il endure,
> Qu'on en prenne soingt !

Un berger.

Bon Dieu, bon Dieu, quelle merveille je viens d'entendre !
Pierrot, Bastien, Julien, ah ! ah ! réveillez-vous donc ! donc !

Un couple de bergers.

Ouy, ouy, moy je l'ay entendu aussy.

Un autre.

Dis donc ce que tu cuydes avoir écouté.

Le premier.

J'ay entendu l'ange qui crioit, hé ! hé ! hé ! hé ! hai ! haïe ! (il parle en tremblotant) il disoit : Réveillez-vous, bergiers et bergières, allez adorer le Messie qui vient de naistre ! Il souffre, il a besoing !

Un autre.

Je l'ay aussy entendu.

Un berger.

Où estois-tu donc ?

Le berger.

J'étois au parc à garder mes moutons crainte du loup. Ah ! j'aperçois Lubin qui va nous conter cela.

SCÈNE VI.

Lubin et les bergers chantent.

> Mes amis, j'ay lu dans un livre
> Qu'un iour ou plustôt une nuict,
> L'on verroit le soleil reluire
> Et une vierge pourter fruict.
> Je croys que voilà la nuictée
> De cest heureux événement ;
> Car jamais l'on n'a veu journée
> Où le soleil feut sy luisant !

Oh ! eh ! Pierrot, Bastien, Julien, réveillez-vous donc, vous arriverez trop tard !

(Toute la troupe chante.)

> L'ange du ciel est ici notre guide,
> Suivons ses pas, tout nous prouve cy l'instant
> Que du vray Dieu c'est bien le guide.
> Oui, le Messie vient de naistre icy bas !
> Que nos présents
> Dans ces instants
> Luy prouvent enfin nos plus purs sentiments *(bis).*

La mère Bobin.

Compère Giroux, compère Giroux!

Le père Giroux.

Ah! c'est vous, ma commère; eh bien! où allez-vous donc comme ça?

La Bobin.

Je vais adorer Messie qui vient de naistre en une estable; il faict bien beau!

Giroux.

Il faict un temps royal; cheminons, quand l'on vait de compaignie, route est moins longue, et dictes que le Messie est né?

La Bobin.

Ouy, et je vas adorer l'enfant Jésus.

Giroux.

Allons, ma commère, partons.

SCÈNE VII.

LES MÊMES, UN VOYAGEUR ESTRANGER.

L'estranger.

Mais, dis-moy donc, l'ami, qu'est-ce que tu portes en ton sac?

Giroux.

Tais! tais! quoy je porte, tu ne le sauras pas!

L'estranger.

Mais moy je veux le savoir.

Giroux.

Tu ne le sauras poinct.

L'estranger.

Si, je prétends le cognaistre moy!

Giroux.

Tu ne le cognaistras ; ah! çà ma commère, faut-il le luy dire ?

La mère Bobin.

Ha ! oui, mon compère, je vous engaige à ne luy céler, je hais les disputes.

Giroux.

Des disputes? quoy! un homme comme moy qui s'est battu l'aultre jour contre trente-trois.

La Bobin.

Et qu'est-ce? en est-il résulté ?

Giroux.

Que j'en ay coigné cinq !

La Bobin.

Restent vingt et huict qui vous ont contrainct et détraqué. Dictes tousiours et nous aurons la paix.

Giroux.

Ah ! ça, tu veulx savoir ce que j'ay en mon sac !

L'estranger.

Ouy, je le veulx savoir.

Giroux.

Eh bien! ce sont noix boulardes (1).

L'estranger.

Veulx–tu m'en vendre ?

Giroux.

Elles ne sont pas à vendre, elles sont à donner à celuy qui est né !

L'estranger.

Encore bien mieux, baille m'en quelques-unes.

(1) Grosses noix semblables à de petites boules. (V. Rabelais.)

Giroux.

Tu n'en auras pas.

L'estranger.

Si tu ne m'en donnes pas, bonhomme, je te poche les yeux au noir, entends donc?

Giroux.

Ha! pour le coup, nous sommes deux et...

L'estranger.

Tu ne veux pas m'en donner?

Giroux.

Non.

(L'estranger le frappant.)

Attrape celle-là. Hou! hou! bonnes sont les noix boulardes! *(Il les mange.)*

La Bobin.

Oh! oh! vilain compère Giroux, vous m'avez fait casser tous mes œux, mes œux frais de mes poulailles, je les portois à l'enfant.

Giroux.

Ah commère, ce n'est pas leur faute, s'ils sont fricassés sans beurre et sans sel; la v'la toute fricassée l'omelette aux noix.

Eh! eh! qu'allons-nous dire lorsque nous serons arrivés les mains vuides? Ah! mes noix, ah! mes noix!

La Bobin.

Ah! mes œux! Dieu! le jaune en est espandu sur ma cote!

Les troupes de bergers réunis chantent en chœur.

Sur le sein de Marie
Adorons Jésus-Christ;
C'est le roy du pasteur,
Oui, c'est son Rédempteur.
Venez donc, divin Jésus,
Venez protéger vos élus!

Mon divin mestre, où irez-vous
Dessus la terre souffrir pour tous?
Ah ! divin Jésus, nostre mestre,
Nous offrons nos présents
Et nos cœurs.

Un berger.

Acceptez-les, grand roy des roys ; je vous prie de prendre ce coing de beurre, ensemble mes adorations et ma vie.

Un autre.

Mon petit bon Dieu, la femme et moy avons cherché par toutes nos besougnes et dans toutes nos *arches*, et je pouvons vous offrir qu'un pot de bouillie, du fromage fort, du bon laict, trois gallettes, prenez-les donc!

Un autre.

Mon petit Jésus, je vous offre aussy un fromaige, si vous le trouvez aussy bon et mollet comme je vous aimons, je vous chérissons, je vous adorons, jamais fromaige n'aura été meilleur.

La Bobin.

Je vous adore, mon bon petit Jésus, je vous apportois des œux de mes poules, mais le vilain compère Giroux est cause qu'ils sont tous cassés.

Giroux.

Là, là ! ma commère, laissez-moy donc dire, laissez-moy donc faire : mon petit bon Dieu, je vous apportois un cent de noix, mais je n'en ai mie à cette heure, la faute à ce pelé d'homme.

Joseph.

Quoy ! je voys bien, braves gens, que vous étiez généreux !

Les bergers chantent.

Prenons couraige, villageois,
Nous vivrons en patiance
Malgré les bourgeois,
Car le plus grand des roys,
Le jour de sa naissance,
Brisera leurs loys.

Copié par moi, Pierre Bergeron, perruquier, marguillier, marchand épi-
cier et tambour, et tant soit peu poète, à Saint-Haon-le-Vieux, le 14 avril
de l'an 1867.

www.ingramcontent.com/pod-product-compliance
Lightning Source LLC
Chambersburg PA
CBHW070805200626
46811CB00023B/2457